CANTILÈNES & CANTATILLES

PAR

A. BERTON.

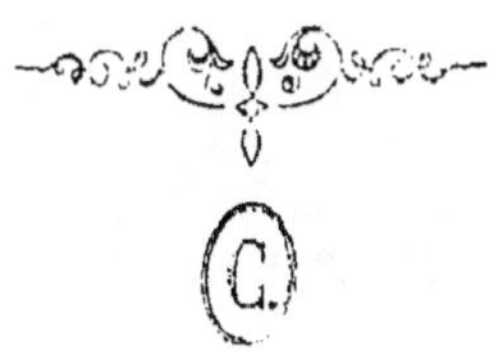

GAND,

CHEZ H. HOSTE, LIBRAIRE, RUE DES CHAMPS, 43.

—

1864.

Les auteurs qui désirent mettre en musique des morceaux contenus dans cet ouvrage, sont priés d'en faire la demande à Gevaert, éditeur de musique, à Gand.

Imp. de C. Annoot-Braeckman.

Oh primavera ! Giuvento dell' anno.
Oh giuvento ! Primavera della vita.

PREMIÈRE PARTIE.

CANTILÈNES & CHŒURS.

PROLOGUE.

De mes navrants chagrins, de mon angoisse même
Je fais de petits *lieds* qui s'envolent soudain
Frapper de l'aile au cœur de la beauté que j'aime ;
S'ils rencontrent près d'elle un insultant dédain,
Ils reviennent se plaindre et n'osent pas me dire
Ce qu'ils ont, en son cœur, trouvé de triste à lire !

HENRI HEINE.

A ED. VANDERSTRAETEN.

Quand parfois je me promène
Sans but, à travers les champs,
L'aile des brises m'amène
Mille chants.
L'alouette matinale
Dès l'aube s'élève en l'air ;
C'est le jour qu'elle signale
Au ciel clair.
Vers les zônes
Où le colza, de fleurs jaunes,
En mai, recouvre le sol ;
L'abeille agile et mutine
Prend son vol
Et bourdonnante butine....
J'écoute les mille sons
De toutes les voix que j'aime
Et puis, je chante moi-même
Leurs chansons.

Quand parfois, à l'aventure,
J'erre au milieu des forêts;
J'y découvre à la nature
Mille attraits.
Chaque feuille des bois sombres,
— Même au souffle du Zéphir, —
Exhale, ainsi que les ombres,
Un soupir.
Là, d'Éole
Vibre la cithare molle;
Là, gazouille maint oiseau;
La tourterelle y roucoule;
Du ruisseau
L'onde murmurante y coule!
J'écoute, etc.

SOUPIRS DE L'AME.

Cantilène.

ô Muets témoins de ma flamme,
Soupirs de l'âme,
En vous hâtant
Envolez-vous, Irène attend !

Soupirs de l'âme, à l'onde fugitive
Que murmurez-vous en retour ?
Une fleur vous trahit, la sensitive
S'agite et tremble au mot : « amour » !

Soupirs de l'âme, empruntez à la plaine.
L'arôme suave des fleurs;
Son aile au Sylphe; au Zéphir son haleine;
Une larme à l'ange des pleurs !
Puis, muets témoins de ma flamme,
Soupirs de l'âme,
En vous hâtant,
Envolez-vous, Irène attend.

MON AMOUR.

Cantilène.

—

Mon amour est comme la rose,
La rose à l'aube fraîche éclose
Et plus brillante que le jour!
Ma bien-aimée, à vous la rose
D'amour.

—

Mon amour est comme l'étoile,
L'étoile d'or que rien ne voile
Et qui scintille au point du jour!
Ma bien-aimée, à vous l'étoile
D'amour.

—

Mon amour est la mélodie
Des harpes douces d'Éolie
Qui vibrent seules nuit et jour!
Aimée, à vous la mélodie
D'amour.

EN SONGE.

Cantilène.

—

Celle que j'aime est une blonde ;
Le doux regard de son œil bleu,
Plus limpide et plus pur que l'onde,
Se peint dans l'âme en traits de feu.

—

Fleur de Grenade est moins vermeille
Que sa bouche close à demi ;
C'est un nid où l'amour sommeille,
Où le bonheur s'est endormi !

—

Au lys blanc, sur sa fraîche joue,
La rose mêle sa couleur ;
Zéphir dans le duvet s'y joue
Et croit caresser une fleur !

—

REFRAIN.

Dans un songe
Je crois ouir sa voix ;
Doux mensonge !
En rêve je la vois.

UN REGARD D'AMOUR.

Cantilène.

Brin d'herbe ou feuille arrosée
D'une goutte de rosée
Scintillent aux feux du jour
Ainsi qu'un regard d'amour.

—

Du ciel splendide merveille,
L'aurore blonde et vermeille
A la terre chaque jour,
Adresse un regard d'amour.

—

Comme je le fais moi-même,
La jeune fille que j'aime,
Rougissante, chaque jour,
Me jette un regard d'amour.

FLEUR DE MAI.

Aubade.

Éveille toi ma bien-aimée,
Viens recevoir
La fleur de mai, fleur embaumée
Et belle à voir !

De moi daigne accepter ce gage
D'amour discret ;
La fleur dira, dans son langage,
Un doux secret.

Elle osera, ce que moi-même,
Je n'osai pas ;
Te dire : « ô bel ange que j'aime
Viens, suis mes pas ! »

J'en atteste ma chaste ivresse,
Ange adoré,
Pour toujours, belle enchanteresse,
Je t'aimerai !

Éveille toi, etc.

ÉCOUTE MOI.

Aubade.

Fille plus blanche que l'hermine,
Vierge au regard suave et pur,
Je t'aime comme le Brâmine
Aime le Gange aux flots d'azur!

Fille à la colombe pareille,
Douce, pure, chaste et sans fiel,
Je t'aime comme toute abeille
Aime la fleur où naît le miel!

Taille svelte, souple et splendide,
Visage ovale et gracieux,
Te font belle, ô vierge candide,
Belle comme l'ange des cieux!

REFRAIN.

Écoute moi,
Écoute l'amant qui soupire;
Écoute aussi le chant qu'inspire
Un doux émoi.

ÉVEILLE TOI.

Aubade.

Écoute, ma chérie, écoute...
Dans les airs
Déjà toute
La nature éclate en concerts.
Douce amie
Du réveil voici le signal
Matinal :
« Éveille toi belle endormie ! »

Partout l'oiseau gazouille ou chante...
Que ta voix
Si touchante
Se mêle aux doux concerts des bois.

Viens ! viens admirer la nature...
En ces lieux
Sa parure
S'étale si splendide aux yeux !
Chère amie
Du réveil, etc.

LA REVOIR.

Aubade.

REFRAIN.

La revoir,
L'attendrir, l'émouvoir ;
Voilà mon seul espoir !
La revoir
Oui ! pour lui dire encore :
« Je t'adore !
Sois mes seules amours
Pour toujours ! »

1.

Même en rêve,
La nuit, sa voix sans trêve,
Dans mon cœur
Résonne avec douceur
La revoir.

2.

C'est sa bouche
Que ma lèvre en feu touche
En retour
De son baiser d'amour
La revoir.

INGRATE.

1.

Lorsque la nuit va naître
Je viens jusques au jour,
Rêver sous ta fenêtre
Et m'enivrer d'amour.
Ingrate,
En vain mon triste cœur
Se flatte
De fléchir ta rigueur;
Mon désespoir éclate,
Ingrate!

2.

Je pars quand étincelle
L'aurore au disque d'or;
Mais mon cœur près de celle
Que j'aime reste encor!
Ingrate etc.

3.

Ma plainte triste et tendre
Lui redit mes douleurs;
Daigne-t-elle m'entendre
Et voit-elle mes pleurs?
Ingrate etc.

4.

Cruelle que j'implore,
Tu me laisses souffrir.
Sans espoir je t'adore!
Rien ne peut t'attendrir.
Ingrate etc.

GUIDE SES PAS.

Nocturne.

Mon père, égaré sans doute,
Mon père ne revient pas ;
Ah! que de maux je redoute!
O mon Dieu! guide ses pas.

Du fond de la forêt sombre,
S'élève un sinistre bruit ;
Je tremble d'effroi! dans l'ombre
Un sourd murmure bruit.
Mon père, etc.

Le vent dans l'air se déchaine ;
Il souffle, siffle ; ô terreur!
J'entends frissonner le chêne
Sous l'effort de sa fureur.
Mon père etc.

ROSE ET BULBUL.

Nocturne.

—

Le premier bouton de rose
S'épanouit gracieux ;
Reine des fleurs, fraîche éclose,
Ton parfum s'élève aux cieux !
L'aile du Sylphe t'effleure
Quand la nuit succède au jour ;
Bulbul jaloux guette l'heure
Et prélude au chant d'amour.

—

Les étoiles semblent dire
D'un regard brillant et doux :
« Fleur, qui parais nous sourire,
Ton parfum s'élève à nous ! »
Le souffle frais de Zéphire
Te caresse nuit et jour ;
Et Bulbul jaloux soupire
Et prélude au chant d'amour.

CHANT DE BULBUL.

« Rose, ton arome suave
D'amour m'enivre et de bonheur ;
Rose, ma reine, à ton esclave
Ouvre ton calice de fleur !
   En paix sommeille
   Rose vermeille,
Jusqu'à ce que l'aurore ait lui !
   Sur toi je veille
Et si le chant d'amour t'éveille
   Pardonne lui. »

« Rose, pour toi seule j'exhale
L'amour en chants mélodieux ;
Laisse moi sur chaque pétale
Poser le doux baiser d'adieux !
   En paix sommeille
   Rose, etc. »

BONNE NUIT.

Nocturne.

—

Sous les feuilles où Zéphire
Tout bas susurre et bruit,
La voix d'un amant soupire :
« Éveillez-vous à ce bruit !
Un baiser, puis, bonne nuit. »

—

« Écoutez le chant qu'inspire
Douce ivresse et doux espoir;
Mon cœur à vous seule aspire!
Éveillez-vous, chaque soir ;
Un baiser, et puis, bonsoir. »

—

« Voilà mon enchanteresse !
A mes yeux le bonheur luit;
Rien n'égale mon ivresse;
Hélas! trop vite elle fuit!
Un baiser, puis, bonne nuit. »

MIGNONNE.

Je n'ai plus que toi sur la terre,
Dans mon malheur ;
Et sans toi, triste et solitaire
J'aurais langui dans la douleur !

Mignonne chère,
Aux biens du monde je préfère
Un seul regard de tes beaux yeux !
Si j'étais ange,
Pour un mot d'amour en échange,
Mignonne, je fuirais les cieux !

—

Dans ma misère s'il me reste
Pour seuls biens, toi,
Ton amour, ta beauté céleste,
Je vivrai plus heureux qu'un roi !

Mignonne chère etc.

NOSTALGIE.

Cantilène.

Hirondelle, ô messagère
Du printemps, toi, quand tu veux,
Tu fuis la rive étrangère ;
Tu voles où vont tes vœux !
Si j'avais ton vol rapide
Mon essor m'emporterait
Vers l'azur d'un ciel limpide
Où mon cœur palpiterait !
Vers le sol de la patrie ;
Près de ceux que j'aime tant ;
Près d'une amante chérie,
Qui m'appelle et qui m'attend !

Quand un nuage au ciel passe,
Des yeux sans cesse je suis
Sa course à travers l'espace ;
Il fuit les lieux où je suis !
Hélas ! que ne puis-je suivre
Ou cette nue, ou l'oiseau?
Triste exilé je dois vivre
Et mourir loin du berceau !
Loin du sol de la patrie,
Loin de ceux que j'aime tant ;
Loin d'une amante chérie,
Qui m'appelle et qui m'attend !

IL M'A DIT.

Romance.

Il m'a dit : « Je pars pour l'armée ;
Puisse le ciel guider mes pas !
Je pars ! adieu ma bien-aimée,
Je cours au-devant du trépas ! »
Et moi, souffrante,
Je reçus, ô mon Dieu !
Pâle et mourante
Je reçus son adieu.

Il m'a dit : « Celui qui succombe
Au cœur atteint du coup fatal,
Au champ d'honneur aura sa tombe,
Hélas ! bien loin du sol natal. »

Il m'a dit : « En ce val sauvage,
Qui nous parut un jour si beau ;
Près du saule, au bord du rivage,
J'aurais souhaité mon tombeau ! »

Il m'a dit : en ce lieu, la brise
Et les doux murmures des flots,
D'un cœur d'amante qui se brise
Auraient imité les sanglots !

Et moi, souffrante etc.

AU SOIR.

Nocturne.

Descends dans ma chaumière
  Clarté du soir,
  Pâle lumière,
Si pure et belle à voir !

Comme une rouge tache,
Au fond du frais vallon,
Soleil, ton front se cache
Dans un dernier rayon !

Le soir, dans la nature,
Tout soupire ou bruit ;
Tout s'y confond ; murmure,
Pleurs, soupirs, plainte et bruit !
Descends dans ma chaumière etc.

ROSE ET PAPILLON.

Nocturne.

Rose, « — murmure la voix tendre
Du papillon, — voici le soir!
Le crépuscule va s'étendre;
Le soleil a fui; las d'attendre,
Faut-il que ma voix fasse entendre
Ces tristes mots : Rosa bonsoir? »

Rose, — non sans verser des larmes, —
« Fuis papillon, dit-elle, fuis!
D'un seul regard tu me désarmes;
De ton amour je crains les charmes!
Je sens augmenter mes alarmes
Dans la solitude où je suis. »

« Rose, voici l'aube vermeille,
Salut Rosa! voici le jour! »
C'était la lune. Tout sommeille.
Rosa rougissante s'éveille!
« Ne crains rien, reprit-il, je veille
Sur toi ma Rose... avec l'amour! »

L'AUTOMNE.

Nocturne.

1.

Pâle, couverte de deuil,
Comme une veuve éplorée,
L'automne arrive parée;
Mais sa pompe attriste l'œil.

2.

Vois! quelle parure étrange
Revêt la feuille des bois!
La voici teinte, à la fois,
De pourpre, d'ambre et d'orange.

3.

Le chant d'amour est fini,
A peine l'oiseau gazouille;
Le souffle d'autan dépouille
Et disperse au loin son nid!

4.

Partout quelle sombre teinte!
Tout se fane et se flétrit.
Lorsque la sève tarit,
Bientôt la vie est éteinte.
Pâle, couverte de deuil etc.

AU MOIS DE MAI.

Elégie.

1.

Au mois de mai, s'éveille la nature,
Elle revêt sa nouvelle parure,
    Sa couronne de fleurs
    Et sa fraîche verdure ;
Hélas! et moi je dois verser des pleurs.

2.

Au mois de mai, nous apparaît éclose
La violette et l'odorante rose
    Etale ses couleurs ;
    Le Sylphe les arrose
De son nectar, Hélas! et moi de pleurs.

3.

Au mois de mai, la vie a mille charmes ;
Tout vient tarir la source de nos larmes ;
    Tout calme les douleurs,
    Les soucis, les alarmes!
Hélas! et moi je dois verser des pleurs.

4.

Au mois de mai, l'idole de ma vie
Fût, sur la terre, à mon amour ravie!
    En proie à mes douleurs
    Que ne l'ai-je suivie?
Mes tristes yeux seraient enfin sans pleurs.

ROSE ROUGE.

Elégie.

—

Rose rouge, toute embaumée,
Epanouie avec le jour,
Ah! que n'es-tu la bien-aimée,
L'ingrate parjure à l'amour?...
En ton calice déposée
Je serais goutte de rosée;
A l'aube, je serais Saphir!
Tes feuilles, émeraudes vertes,
De perles, de rubis couvertes
Brilleraient comme l'or d'Ophir.

—

Pour caresser chaque pétale
De la corolle qui s'étale
Je serais souffle du zéphir;
Et ma suave et tiède haleine,
Des mille parfums de la plaine
Aurait le plus doux à t'offrir!

Rose rouge, toute embaumée
Epanouie etc.

Je serais, pour te rendre hommage,
Le rossignol dont le ramage
Semble l'écho des chants du ciel ;
Et, pour toi, dans la nuit obscure,
Je chanterais d'une voix pure
L'hymne d'amour, l'hymne éternel.

Rose rouge, toute embaumée
Epanouie etc.

LE DERNIER VOEU.

Elégie flamande.

—

Mon beau rosier, fragile arbuste
Plus heureux que moi va fleurir ;
Un peu d'air pur le rend robuste ;
Hélas! et moi je vais mourir.

—

Promets-moi d'en orner ma tombe.
Sur moi si tu verses des pleurs,
Qu'une larme aussi sur lui tombe
Et fasse épanouir ses fleurs !

—

Sur ma tombe, si tu l'arroses
De tes larmes, de temps en temps,
Croîtront des cyprès et des roses
Au retour de chaque printemps.

LA MÈRE AU BERCEAU.

Berceuse.

Ange au teint vermeil,
Mignonne, dors vite;
Mon refrain t'invite
Mignonne, au sommeil.

1.

Dors! sur toi je veille.
Un tendre baiser
Saura t'apaiser
Si ma voix t'éveille.

Ange au teint vermeil etc.

2.

Dors, ô bien suprême
Que berce ma main!
Dors jusqu'à demain;
Je veille et je t'aime.

Ange au teint vermeil etc.

3.

J'ai fait, même en songe
Pour toi des projets
Sur mille sujets;
Sans cesse j'y songe.

Ange au teint vermeil etc.

4.

Plus tard, demoiselle,
Il faudra, vois-tu,
Aimer la vertu
Qui seule rend belle.

Ange au teint vermeil etc.

LA BERCEUSE ALLEMANDE.

Eia popeia! dors vite bijou.
Eia popeia! dors gentil joujou.
L'enfant sommeille
Sur le duvet;
Sa mère veille
A son chevet.
Eia popeia etc.

—

Sa main le berce
En son repos;
Doux sommeil verse
Lui tes pavots!
Eia popeia etc.

—

La voix l'enchante
Comme un luth d'or;
La mère chante
Et l'enfant dort!
Eia popeia etc.

MAINTENANT ET PLUS TARD.

D'APRÈS L'ALLEMAND.

Berceuse.

Dors en tes langes
Mignon chéri, beau comme les anges
Aux ailes d'azur;
Aucun nuage
Ne vient troubler, en ton jeune âge,
L'éclat d'un ciel pur.
Dors! une mère
Eloigne de toi la peine amère
Et sèche tes pleurs;
Sa main te berce,
Maintenant tu dors et le ciel verse
Sur toi ses faveurs.

Dors, en tes langes,
Dans l'humble berceau, mon fils, les anges
Voltigent autour.
Plus tard, les larmes,
Les tristes sanglots, les cris d'alarmes
Viendront à leur tour.
L'âge d'or passe
Comme l'étoile, à travers l'espace,
File et disparaît.
Plus tard, trop vite
Naissent mille maux que nul n'évite;
Du ciel c'est l'arrêt.

AVEC UN SEUL BAISER.

Chanson.

Cruelle, tu le sais,
Ton doux regard m'attire;
Sans cesse tu me fais
Souffrir un vrai martyre.
Avec un seul baiser,
Sans peine
Tu pourrais apaiser
Ma peine.

2.

Ingrate, je languis
D'un feu qui brûle l'âme;
Vainement je te fuis,
Je ne puis fuir ma flamme!

3.

Cruelle, chaque jour
Ajoute à ma faiblesse;
J'emporte en tout séjour
Certain trait qui me blesse!

4.

Ingrate, un seul instant
Adoucis ma souffrance;
Je souffre et t'aime tant!
Laisse-moi l'espérance.

Avec un seul baiser etc.

EIA.

—

Chanson Danoise.

« Vierge assise pensive
Au balcon du manoir,
Demoiselle, à l'œil noir,
Serais-tu là captive? »
Eia! Eia.

— Jouvencel, Nenni-dà!
Des oiseaux du bocage
J'écoute le ramage;
J'aime ces doux chants là. —
Eia! Eia.

—

« Ouvre-moi la fenêtre,
Tends-moi ta blanche main;
C'est là le vrai chemin
Par où l'amant pénètre. Eia. »

— Jouvencel, Nenni-dà!
La porte de l'église
Est la route permise;
Passe d'abord par là. —
Eia! Eia.

« La route est difficile,
Je crains de m'égarer :
Laisse-moi pénétrer
Ce soir dans ton asile. Eia. »

— Jouvencel, Nenni-dà !
C'est un chemin trop lisse ;
Le pied souvent y glisse ;
Songe donc à cela. —
Eia ! Eia.

QU'IMPORTE.

Chanson.

Sans retard, à pleine main,
Hâtez-vous, fillettes,
De cueillir sur le chemin
Toutes les fleurettes.

Au printemps,
Dans la plaine,
La suave et douce haleine
Du zéphir les amène,
Et le souffle des autans
Les emporte !
Mais.... qu'importe !
Tout fuit sur l'aile du temps.

Où sont maintenant les fleurs,
Rose ou violette,
Dont l'arome ou les couleurs
Charmaient la fillette ?

Au printemps etc.

Vous qui versez tant de pleurs
Sur les violettes,
Vous aurez le sort des fleurs
O jeunes fillettes !

Au printemps etc.

LES LOIS DU CHANGEMENT.

CHOISI PAR Mr L'ÉDITEUR SCHOTT.

Chanson.

Que jamais femme ne se plaigne
D'un trop volage amant;
Car la nature à l'homme enseigne
Les lois du changement!

Tout dans la nature, tout change!
Le jour se change en nuit;
La poussière, s'il pleut, en fange;
Et toute fleur en fruit.

Les vents soufflant de la même aire
Demain n'y seront plus.
Le flux amène l'onde amère
Qu'emporte le reflux.

Le soleil remplace la lune;
La lune le soleil.
La blonde succède à la brune;
Le réveil au sommeil.

Que jamais femme ne se plaigne etc.

ENTRE LES DEUX.

EN DÉPOT CHEZ Mr SCHOTT.

Entre l'ancienne, entre la nouvelle
Qui se révèle,
Amusons-nous.
Le vieil an qui passe et qu'on regarde
Dit : « Prenez garde
Oui ! garde à vous ! »

—

« Il faut que l'expérience acquise
Guide et conduise
Toujours vos pas ! »
Mais le nouvel que l'on rencontre
Nous dit par contre :
« N'écoutez pas. »

—

En ce bas monde qui sait d'avance
Par où s'avance
Le mal, le bien?
Sachons jouir du printemps de l'âge;
L'amour volage
N'y perdra rien.

A TOI.

Rose est jolie...
Mais... selon moi
Subir sa loi
Serait folie!
Car le mépris
Serait le prix
Du cœur épris.
Gentille amante
Sois moins charmante
Et plus aimante :
Puis... sans effroi,
Je dirai moi :
« Mon cœur à toi! »

—

L'amour m'enlace...
Que le dédain
En moi soudain
Prenne sa place!
Car etc.

—

L'oubli remplace
L'amour guéri :
Le cœur flétri
Devient de glace!
Quand le mépris etc.

NINA LA CURIEUSE.

Chanson.

Oui dà ! je veux savoir
Pourquoi Suzon la brune,
S'empresse d'aller voir
Au ciel briller la lune?
Pourquoi le blond Lubin
Que la Suzette appelle
Son petit chérubin,
Chaque soir, suit la belle?...

REFRAIN.

J'ai quinze ans et le nom
De Nina la niaise
Va déplaire à Ninon
Et déplait à Nicaise.
Quand de moi chacun rit
Ça me rend furieuse !
Je veux, en curieuse,
Savoir d'où vient l'esprit.

—

Il est un autre cas
Qui toujours m'embarrasse :
Pourquoi rougit Lucas
Quand Lisette l'embrasse ?

Un baiser, à chacun,
Fait-il donc tant de peine?
Quand il en reçoit un
Lucas respire à peine!

—

Je veux savoir aussi
Pourquoi les tourterelles
Qui roucoulent ici,
Sont à battre des ailes?
Je les vois, tour à tour,
Se béqueter au gîte!
Mon cœur, le long du jour,
Quand j'y songe, s'agite.

—

C'est toi qui me diras
D'où me vient, à ta vue,
Cet étrange embarras,
Cette ivresse inconnue?
D'où vient que plein d'émoi
Mon petit cœur palpite?
J'en rougis malgré moi;
Instruis-moi donc bien vite!

Car à quinze ans le nom
De Nina la niaise etc.

MON ASILE.

Pastorale.

—

Je connais un asile, au milieu du bocage,
Où coulent murmurants des limpides ruisseaux;
Où le zéphir se joue à travers le feuillage;
Où gazouillent non loin de leur nid les oiseaux!

—

Là-bas, quand je suis triste, assis aux bords de l'onde,
Sous l'ombrage d'un saule et sur le vert gazon,
J'aime à rêver! Alors l'image blanche et blonde
D'un fantôme aérien voltige à l'horizon.

—

La tristesse y devient douce mélancolie.
Un beau rêve soudain charme mon triste ennui.
J'écoute résonner les harpes d'Eolie.
Je vois l'objet que j'aime et mon cœur vole à lui!

—

Beau rêve, sois béni! Dans ma divine extase
Je vois enfin comblé le plus cher de mes vœux:
De l'amour qui m'enivre et du feu qui m'embrase
La chère bien-aimée entendit les aveux!

A L'AUBE.

Pastorale.

A l'aube, la vermeille aurore
Plus brillante que l'or d'Ophir,
D'azur et de carmin colore
Les fraîches fleurs qui vont éclore
Au souffle embaumé du Zéphir.

—

A l'aube, la nature entière
S'anime après un doux repos ;
Au premier rayon de lumière,
Les hôtes de l'humble chaumière
S'éveillent au travail dispos.

—

A l'aube, la nature est belle ;
Sa parure, au regard charmé,
Toujours fraîche, toujours nouvelle,
Dans tout son éclat se révèle
Quand resplendit le mois de mai.

—

A l'aube, la clarté vermeille
Inonde la terre et le ciel.
Au calice des fleurs, l'abeille
Que l'oiseau matinal éveille,
Elabore et puise le miel.

L'ALOUETTE.

L'alouette matinale.
Par des chants, au réveil,
La première signale
Le lever du soleil.
  Chante petite
Messagère du jour;
Chante au départ du gîte
  Comme au retour!
Au ciel elle s'élève
Et se perd dans l'azur
Où, joyeuse elle achève
Le salut au jour pur.

—

Monte jusqu'à la nue
Et puis, vite descends,
Annonce ta venue
Par tes plus vifs accents!
  Chante petite etc.

L'ÉGLANTINE ORACLE.

Chaque jour Marcel dit qu'il m'aime
« Et, — dit-il même , —
Pour n'aimer que toi je vivrai ! »
Fraîche fleur, blanche et purpurine,
Rose églantine
Ah! dis-le moi serait-il vrai?

—

« Pour toujours, dit-il, fleur sans tache,
A toi s'attache
Tendre cœur d'amour énivré. »
Fraîche fleur etc.

—

« Pour tout bien, dit-il, s'il me reste
Ma rose agreste
Heureux et content je vivrai ! »
Fraîche fleur etc.

—

Tout à coup, Marcel aux écoutes,
Lui dit : « Tu doutes
A tort de l'amour le plus vrai !
Viens à la chapelle voisine,
Viens ma Rosine,
Viens ! mène-moi je te suivrai !

ENVOI DE LA ROSE.

Dans un bosquet parfumé
Ma main va cueillir la rose
Du plus frais bouton éclose,
Pour l'offrir au bien-aimé.

—

Sur la fleur je veux poser
Une fois encor ma bouche,
Et, si là même, il la touche
Il ravira mon baiser.

—

Gage muet de ma foi,
Douce fleur, rose embaumée
Tu diras : « la bien-aimée
Est moins heureuse que moi ! »

CHANT D'AMOUR.

Quand vermeille, rose et blonde
L'aurore, du sein de l'onde
S'échappe à l'aube du jour,
Tout lui dit un chant d'amour.

—

Tout s'éveille en la nature;
La fleur revêt sa parure;
Tout soupire tour à tour
Ou susurre un chant d'amour.

—

L'oiseau gazouille en son gîte;
L'eau bruit; le bois s'agite
Et les échos d'alentour
Redisent le chant d'amour.

—

Quand vermeille, rose et blonde
L'aurore, du sein de l'onde
S'échappe à l'aube du jour,
Tout lui dit un chant d'amour.

LES SAISONS.

MUSIQUE DE Mr AUBRY.

Déjà l'hiver a fui ; le doux printemps s'habille
De lilas émaillés d'éclatantes couleurs ;
L'oiseau près de son nid en gazouillant babille ;
Tout se livre à la joie et moi seul aux douleurs !

—

Le doux printemps a fui ; l'été splendide arrive
Propice à la moisson et riche en fraîches fleurs ;
Tout chante ; et moi, rêvant, seul assis sur la rive
D'un ruisselet, je mêle à son onde mes pleurs !

—

L'été splendide a fui ; voici la pâle automne !
De la pourpre et de l'ambre elle aime les couleurs ;
Elle amène Bacchus et la brune Pomone.
Tout se livre à la joie et moi seul aux douleurs.

—

La pâle automne a fui ; déjà l'hiver amène
Avec le froid, la neige et les heures de deuil.
Je connais maintenant la cause de ma peine :
Je suis triste à mourir ; car je suis toujours seul.

4.

A LA NATURE.

Salut nature, temple
Où le mortel
Emu contemple
L'auguste autel
Et les œuvres divines
De l'Eternel !
Salut monts et collines !

—

Les frimats des hivers
S'évanouissent ;
Dans les champs verts
Les fleurs s'épanouissent.
Le ciel devient d'azur ;
Zéphyre embaume
L'air tiède et pur ;
Quel enivrant arôme !

—

Aux rayons du soleil
Que la nature,
A son réveil
Etale sa parure
Aux rayons du soleil !

Salut, nature, temple etc.

APPEL AU PRINTEMPS.

Doux printemps, reviens bien vite,
Doux printemps voici ton tour;
Viens! Nature t'en invite
Et célèbre ton retour.

—

Du sommet de la montagne
Zéphir au val descendit;
Tout bourgeonne; la campagne
Va renaître et resplendit.

—

Souffle Zéphir! fils de Flore
Tu ranimes l'univers!
Ton haleine fait éclore
Mille fleurs de bourgeons verts.

—

Roses s'ouvrent; les pervenches
Brillent déjà dans les prés,
D'étamines rouges, blanches,
D'herbe verte diaprés.

—

Doux printemps, reviens etc.

CHANT D'AUTOMNE.

Pastorale.

Quand l'automne pâle,
En robe d'opale,
Sur les champs s'abat;
Toute fleur s'effeuille
Et calice ou feuille
Perdent leur éclat.

La brumeuse automne
Amène Pomone
Qui la suit de près;
Féconde, elle égale
En dons, sa rivale
La blonde Cérès.

Pommes, poires, pêches,
Prunes et noix fraîches
S'offrent à nos yeux.
Les vendanges faites,
Partout quelles fêtes,
Quels accents joyeux !

Quelles vives luttes
Entre mille flûtes,
Fifres et hautbois;
Entre les bons drilles
Et les jeunes filles
Trop vite aux abois.

ESQUISSES.

Colibri.

Sur une lointaine plage,
Sous l'ombre du vert feuillage,
Voyant les vives couleurs
De la plus belle des fleurs,
J'en voulus cueillir la tige !
Mais.... dans l'air
Et plus prompte que l'éclair,
La fleur s'échappe et voltige.
Je reconnus à son cri
Colibri !..
Hôte ailé, fleur du bocage,
D'une cage
Puissé-je t'offrir l'abri
Colibri !

Dans la plaine ou sur la plage,
Tel un papillon volage
Sur les fleurs s'élance et fond
Pour puiser le miel au fond,
De leurs suaves calices !
O douleur !
Il quitte soudain la fleur
Et vole à d'autres délices.
Je reconnus à son cri etc.

LE COLIMAÇON.

Le colimaçon
Végète tranquille,
Dans une coquille ;
C'est là sa maison.

Plus d'un prolétaire
Voudrait sur la terre
Vivre à la façon
Du colimaçon.

—

En toute saison,
Ainsi qu'un Bohème,
Il porte lui-même
Partout sa maison.

Plus d'un prolétaire etc.

—

Sans rien redouter,
Jusqu'à ce qu'il meure :
En cette demeure,
Il peut habiter.

Plus d'un prolétaire etc.

Dieu même, en tout lieu,
Donne la pâture
A la créature
Contente de peu.

Plus d'un prolétaire etc.

LE HÉRISSON.

Examine
Toute chose désormais
Et jamais
Ne juge rien sur la mine !
Lorsque loin de son réduit
Le hérisson se hasarde ;
Prenez garde !
Ne le croyez pas réduit
A subir la moindre offense
Sans défense !
Mille dards
Le couvrent de toutes parts.

A l'approche du danger
Le hérisson en alarmes ,
Prend les armes
Et la scène va changer :
Pieds et tête disparaissent,
Sur lui naissent
Mille dards
Hérissés de toutes parts !

—

Le hérisson raffermi,
A son armure se fie
Et défie
Impunément l'ennemi !
Malheur à qui du pied foule
Cette boule !
Mille dards
La couvrent de toutes parts.
Examine
Toute chose désormais
Et jamais
Ne juge rien sur la mine.

DON DINDON.

Ainsi qu'un roi, dans son domaine,
Don Dindon,
Dans la basse-cour se promène.

REFRAIN.

Goul goul donc
Don Dindon.

—

Plus fier qu'un paon, le coq des Indes,
Don Dindon,
Se pavane parmi les dindes.

—

Moins bien que lui tu fais la roue
Don Dindon,
Mais plus vite sa voix s'enroue.

—

Cesse d'étaler ton plumage
Don Dindon,
Mais laisse éclater ton ramage.

—

Dès qu'un ruban rouge l'agace
Don Dindon,
De sa trompe et du bec menace.
Goul goul donc
Don Dindon.

LE CANARD.

D'un air tout goguenard,
Certain canard
S'avance à la sourdine;
Tel, un gros sénateur
Avec lenteur,
Gravement se dandine.
« Couac! Couac » !
— Cancan, répond la cane,
Au sein du lac, —
Quand... le canard cancane
Et fait couac.

Le canard, en gourmand,
Avidement
Dans l'eau trouble barbote;
Tel, en dépit des lois
Tout fin matois,
A la bourse tripote.
« Couac! couac etc. »

Le canard, en son vol,
A ras du sol,
Lourdement bat de l'aile;
Cet essor là d'ailleurs
Aux rimailleurs
A servi de modèle.
« Couac! couac etc. »

Le canard, de sa voix,
Comme tu vois,
Connaît bien les limites;
Prima-dona, señor
Basse ou ténor,
Comme moi, tu l'imites!
« Couac! couac etc. »

MINETTE.

A toute caresse,
— Malgré sa paresse —
Minette s'empresse
A faire... Ron-Ron.
Minette,
Friponne, finette,
Queue en l'air, dos rond;
Minette
Toute mignonnette
Fais encor : ron-ron.

Pendant qu'on la flatte,
— En gentille chatte —
Minette fait patte
De velours... et Ron
Minette etc.

—

Chatte discourtoise,
Ta griffe sournoise
Biffe et cherche noise
Pour un rien... et Ron.

—

Tartufe émérite,
A mine hypocrite,
En douceur confite,
Je t'y prends !.. et Ron.
Minette,
Friponne, finette
Queue en l'air, dos rond ;
Minette
Toute mignonnette
Fais encor : ron-ron.

———

CHOEURS.

LES WALKYRIES.

—

Saga.

—

Au nord, trois jeunes filles brunes,
Aux visages roses et frais,
A travers les noires forêts
Cheminent sans craintes aucunes.

—

Jeunes filles, sveltes de taille,
Au trépas vous faites courir
Tous ceux désignés à mourir
Avec gloire au champ de bataille.

—

Qui ne sait que les Walkyries
Viennent assister au combat?
Qui ne sait que leur flèche abat
Les guerriers voués aux furies?

—

Vierges, fatales à tout lâche,
Le glaive brille ; êtes vous là
Pour emmener au Walhalla
Ceux qu'atteint l'épée ou la hache?

CHANT DU SCALDE.

Gloire au vaillant guerrier qui tombe
Et meurt les armes à la main!
Au champ d'honneur il a sa tombe :
C'est là qu'il montra le chemin
De la victoire!
Honneur et gloire
A qui meurt le glaive à la main!

II.

Siècles, le héros mort vous brave!
L'oubli n'atteindra pas son nom;
Le Scalde célèbre du brave
Et la vaillance et le renom!

TUTTI.

Honneur et gloire
A qui nous montre le chemin
De la victoire!
Honneur et gloire
A qui meurt le glaive à la main!

CHANT DES BARDES.

Ombres de nos aïeux,
Ainsi qu'un météore
Offrez-vous à nos yeux;
Ombres de nos aïeux!
  L'aurore
Ne brille pas encore;
Venez planer aux cieux,
Ombres de nos aïeux.

QUATUOR CONBOCCA CHIUSA.

Beau lac, dans les nuits sombres,
  Les ombres
Voltigent sur ton bord!
O toi, qui les redoute
  Sans doute,
Ne fuis plus leur abord.
Que les ombres venues
  Des nues,
Soient toujours bien venues!

REPRISE.

Ombres de nos aïeux etc.

A BORD.

A bord ! Au cabestan l'on vire
Et l'ancre sort des flots amers ;
La voile s'enfle et le navire
S'apprête à sillonner les mers.
Où va-t-il poussé par la brise,
Sur l'immense abîme béant ;
Sans craindre qu'un choc ne le brise,
Où va-t-il en plein océan ?...
C'est vers une lointaine plage
Que le guident les matelots ;
En dépit d'Éole volage,
Malgré les caprices des flots !
L'abîme en bas ; en haut la voûte
Où roulent mille vastes cieux ;
Rien qui vienne tracer la route
A l'équipage audacieux !
L'aiguille aimantée et l'étoile
Qui toujours désignent le Nord,
Et le gouvernail et la voile
Le mène sur l'onde à bon port.
A bord ! etc.

CALME EN MER.

La mer est calme et son onde reflète
Le soleil radieux ;
Mollement la corvette
Se trace en mer un sillon gracieux.
Gonfle ta voile au souffle de Zéphire,
Vogue léger navire
Et sillonne les flots !
O mer calme, balance,
Berce avec indolence,
Pendant la nuit, berce les matelots !

La mer est calme et les dauphins folâtres
Font reluire au soleil
Leurs écailles bleuâtres
Aux doux reflets d'azur et de vermeil.
Gonfle ta voile au souffle de Zéphire,
Vogue léger navire etc.

LES NIXES.

Au clair de lune,
Nixes, venez, sans crainte aucune,
Vous divertir;
Du sein de l'onde osez sortir!

Sur l'herbe et l'émail des pelouses,
Nixes jalouses,
Venez prendre vos gais ébats!
Les folles rondes
Pour les sveltes filles des ondes
Ont mille appas.
Pendant la danse
Que la cadence
D'un gai refrain
Les mette en train!

Nixes, aux vertes chevelures,
Dans vos allures
Quelle suave volupté!
A l'aventure
Laissez flotter voile et ceinture
En liberté.

Pendant la danse
Que la cadence
D'un gai refrain
Vous mette en train!

Au clair de lune,
Nixes, venez, sans crainte aucune
Vous divertir;
Du sein de l'onde osez sortir.

LA CHAPELLE.

—

La chapelle au village
Surgit, bijou coquet,
Parmi le vert feuillage,
Au milieu d'un bosquet.
Quand l'aurore illumine
La croix d'or de la tour,
Sa flèche au loin domine
Les vallons d'alentour.
Au fond de la chapelle
La cloche fait « tin-tin »
Sa voix, qui tinte, appelle
A l'hymne du matin.

L'âme émue, attendrie
Est pleine, à son aspect,
De douce rêverie,
De crainte et de respect.
A la prière, vite,
Accours pieux mortel;
L'airain sacré t'invite
Au pied du Saint Autel.
Dans les parvis du temple
Le fidèle à genoux,
Dans sa gloire contemple
Le Sauveur mort pour nous.
Quand l'astre du jour gagne
Des rivages nouveaux,
La paisible campagne
Achève ses travaux.
L'angelus du soir sonne
Et du timbre argentin
Au loin l'écho résonne
Dans l'air et dit : « Tin-tin! »

LES CHANTS DE NOS AIEUX.

A nos aieux
Quels chants plaisaient le mieux?
Le chant du brave;
Un chant de guerre fier et grave!
Un chant d'amour, gracieux
Echo des cieux,
Qui touche le cœur et s'y grave!...
Au dernier soupir exhalé,
Le chant du cygne à l'agonie,
En mélodieuse harmonie
Ne l'aura jamais égalé!

« O jeune fille au front candide,
Plus pur que l'aube d'un beau jour;
Rien n'égale l'éclat splendide
De ton regard où luit l'amour! »
Disons aussi le chant de guerre
Que nos aieux chantaient naguère :
« Nous saurons braver le trépas
Pour la patrie!
Sa voix nous crie :
« Sache mourir et ne fuis pas! »
Aux jours d'alarmes
Disons comme elle avec fierté :
« En guerre! aux armes!
Vaincre ou mourir en liberté! »

PENDANT LA JEUNESSE.

Amis ! pendant la jeunesse
La vie est pleine d'appas.
Amis ! que le plaisir naisse
Comme les fleurs sous nos pas !
Harba lori fa.
Loin de nous les fronts moroses !
En frais boutons, au printemps
Il nous faut cueillir les roses
Qu'effeuilleraient les autans !
Harba lori fa.
Du vieux vin naissent l'ivresse
Et la folâtre gaîté ;
Près d'une jeune maîtresse
Que le vieux vin soit fêté !
Harba lori fa.
Que jamais la coupe pleine
Ne soit pesante à la main !
Tous buvons à perdre haleine,
Sans songer au lendemain.
Harba lori fa.
Amis ! que le plaisir naisse
Comme les fleurs sous nos pas !
Amis ! pendant la jeunesse
La vie est pleine d'appas.
Harba lori fa.

LA FRONTIÈRE.

Le clairon martial
A donné le signal
Des luttes meurtrières!
Sur les monts, dans le val,
Aux armes! à cheval!
Défendons les frontières!

—

Sol natal,
Aux ennemis fatal,
Engloutis cette foule
Qui te foule;
Qu'elle trouve, en ton sein,
Une tombe!...
Bénis notre dessein,
Fais que l'ennemi tombe
Sous nos coups!
Seigneur protége-nous!
Le clairon plein de charmes
Crie : « aux armes! »
Habitants des vallons,
Montagnards nous allons
Défendre la frontière,
Dans notre ardeur guerrière.
Aux armes! à cheval!
Sur les monts, dans le val
Défendons la frontière.
Aux armes! à cheval!

AU REVOIR.

Quel immense voile noir
Plonge la forêt dans l'ombre?
C'est le crépuscule sombre!
Quittons-nous; voici le soir!
Au revoir.

—

Quand vient la nuit on croit voir
Mille spectres, mille gnômes!
Dans l'air les pâles fantômes
Semblent surgir, se mouvoir!
Au revoir.

—

Aux gnômes on dit bonsoir.
Mais... si l'Ondine se montre;
Si c'est l'Elfe qu'on rencontre,
Chacun lui dit plein d'espoir :
« Au revoir! »

LES ELFES.

Voyez-vous les Elfes blondes?
Elles viennent ici-bas
Prendre gaîment leurs ébats;
Et, ce sont de folles rondes
Quand l'essaim joyeux s'abat;
On dirait un vrai sabbat!
Quand la danse en rondes lasse,
Sans cesser de lutiner,
Elles volent butiner;
C'est de fleur en fleur que passe
L'avide et rapide essaim
Qui se cache dans leur sein.
L'Elfe, dans la fleur choisie,
D'une goutte d'ambroisie,
Ou d'arome, doux nectar,
S'imprègne et se rassasie.
Quand naît l'aube, sans retard
Sonne le cor de la reine;
C'est le signal du départ!
Toute la troupe aérienne
Quitte la terrestre plaine,
S'élance joyeuse et part.

L'AURORE.

Salut divine aurore!
L'orient se colore
De mille feux divers;
Un reflet rouge dore
Les bois et les prés verts.
Salut divine aurore!
  Sous le fardeau
  De gouttes d'eau
  L'herbe chancelle;
  Elle étincelle
  Comme un Saphir
  Ou l'or d'Ophir!
  Verte émeraude,
  L'insecte rôde
  Comme un voleur,
  Quand il voltige
  De tige en tige,
  De fleur, en fleur!
    L'aurore
    Décore
    Encore
    Les cieux!

Tout brille,
Petille,
Scintille
Aux yeux!
Salut divine aurore!
L'orient se colore
De mille feux divers;
Un reflet rouge dore
Les bois et les prés verts.
Salut divine aurore!

BRUMSTIMMEN DES NUITS.

Silence! tout sommeille.
Attendons, en ces lieux,
Que l'aurore vermeille
Vienne éclairer les cieux!
Quel bruit trouble, ô Nature!
Ton paisible repos?
C'est l'onde qui murmure
Sa complainte aux échos.
Sur les monts, dans la plaine
S'élève un long soupir;
C'est la suave haleine
Du Sylphe ou du Zéphir!

Le souffle de la brise
Au sein de l'air surgit
Et la forêt surprise
En murmurant rugit;
Le feuillage du tremble
Ou frisonne ou frémit;
Tout s'agite; tout tremble;
Tout susurre ou gémit!...
Lune pâle et sereine,
Ton disque s'est voilé;
Où fuis-tu chaste reine
D'un beau ciel étoilé?
Viens! le nuage passe,
Viens, lune, aux rayons d'or,
Au ciel parcours l'espace
Quand la brise s'endort!
Tout bruit, Philomèle
Éclate en chants joyeux;
Sa pure voix se mêle
Aux bruits mystérieux.

Silence! tout sommeille etc.

AUDENARDE.

Bijou des cités de la Flandre
Salut! Audenarde Salut!
En ton honneur se doivent tendre
Les cordes sonores du luth.
Renais cité jadis illustre,
Dans tout l'éclat de ta splendeur;
Que le ciel te rende ton lustre,
Ton industrie et ta grandeur!

—

La chapelle de Kerselare
Chère à tout pèlerin pieux,
Au sommet du mont d'Edelare
S'élève et de loin s'offre aux yeux;
Et, du côté de la vallée,
Sous les pieds, la ville apparaît
Gracieuse et pleine d'attrait,
Sur les bords du fleuve installée!
Pamel, à l'antique clocher,
Walburge, altière cathédrale,
L'hôtel-de-ville, qui s'étale
En ses dentelles de rocher,

Arrêtent la vue éblouie !...
Si ta gloire est évanouie
Audenarde, l'hôtel survit ;
Le monument charme et ravit.
En son honneur se doivent tendre
Les cordes sonores du luth !
Bijou des cités de la Flandre
Salut ! Audenarde Salut !

DEUXIÈME PARTIE.

CANTATILLES.

JEANNE D'ARC.

RÉCITATIF.

Des jours de deuil voici l'ère néfaste !
Le Bourguignon triomphe et le farouche Anglais
Soit par le fer, soit par le feu dévaste
Villages et cités, chaumières et palais !

CANTABILE.

Muets témoins des jeux de mon enfance
O prés fleuris ! ô bocages épais !
Vous regrettez, ainsi que moi, la paix ;
Mais elle a fui l'asile sans défense.
Stériles vœux et regrets superflus !
J'entends la voix de la plaintive France,
Son cri d'angoisse et d'amère souffrance ;
Mais le Seigneur hélas ! ne l'entend plus.

RÉCITATIF.

Quel est ce bruit qui frappe mon oreille ?
Est-ce une voix du céleste séjour ?
La nuit quand je sommeille,
La même voix m'éveille !..
Et maintenant elle éclate le jour !

6

CAVATINE.

Oui ! cette voix d'en haut me crie :
« Jeanne, Dieu le veut, Jeanne pars,
Protège, sauve ta patrie !
De la France, mère chérie,
Délivre les derniers remparts.
Pars Jeanne sauve la patrie !
Jeanne, Dieu le veut, Jeanne pars ! »

STRETTE.

Voix inconnues
Toujours venues
  Des nues
Je dois vous obéir !
En guerre ! aux armes !
France en alarmes,
  Tes larmes
Je les saurai tarir !

DÉSESPOIR.

RÉCITATIF ET AIR.

Que faire?... ô mon Dieu! mon courage
S'épuise en stériles efforts!...
Je suis jeune; j'ai des bras forts
Et pourtant j'erre sans ouvrage!...
Sans ouvrage hélas! et sans pain.

CANTABILE.

Du pain! ce cri me désespère;
Ce cri me fend le cœur. Du pain!
Je n'en ai plus et je suis père
Hélas! et mon fils meurt de faim.
Seigneur, fais que le tourment cesse;
Taris la source de mes maux!
Un ange cher, mon fils, sans cesse,
Mon fils me dit ces tristes mots:
« Du pain! » Son cri me désespère;
Son cri me fend le cœur. Du pain!
Je n'en ai plus et je suis père
Hélas! et mon fils meurt de faim.

RÉCITATIF.

Tremblant, la honte au front et plus pâle qu'une ombre
J'osai tendre la main, hier, quand vînt la nuit sombre!...
Aux riches je disais : « Venez à mon secours! »
Mais... à ces cœurs de glace en vain j'avais recours!

CABALETTE.

Voici l'heure suprême!
De ma détresse extrême
Le ciel lui-même
Ne s'émeut pas!
Ici tout m'abandonne!
Que Dieu me le pardonne
Si je me donne
Un prompt trépas!
Voici l'instant de notre délivrance!
Je brave le remord.
A toi, mon fils, toi ma seule espérance,
Pour finir ta souffrance,
Je vais donner la mort!
Voici l'heure suprême!
De ma détresse extrême
Le ciel lui-même
Ne s'émeut pas.
Ici tout m'abandonne!
Que Dieu me le pardonne
Si je me donne
Un prompt trépas!

LA FILLE DE JEPHTÉ.

RÉCITATIF ET AIR.

Victime du vœu paternel,
Triste victime expiatoire,
Mon sang auprès de l'Éternel
Sera le prix de la victoire !...
Déjà mes jours
N'augmentent plus en nombre,
Et comme une ombre,
Ils ont fui pour toujours !
Vaine est la plainte amère ;
Vaine aussi la douleur :
J'ai le sort d'une fleur,
D'une fleur éphémère !
Déjà mes jours
N'augmentent plus en nombre ;
Et, comme une ombre,
Ils ont fui pour toujours !
Ta corolle est fanée ;
Ton calice est flétri ;
Ton feuillage est meurtri
Pauvre fleur condamnée !
Déjà mes jours
N'augmentent plus en nombre ;
Et, comme une ombre,
Ils ont fui pour toujours.

AVEC LE CHOEUR DES SOPRANI.

Tourment que rien ne soulage,
Tu remplis mon/son cœur d'effroi !
Mourir au printemps de l'âge
Quel triste destin pour moi !/toi !

CHOEUR.

Pleure ! pleure hélas ! sur toi

SOLO.

Adieu paisibles campagnes !

LE CHOEUR.

Pleure ! pleure sur ton sort

SOLO.

Adieu chères compagnes !
Voici l'heure de ma mort

AVEC LE CHOEUR.

Pleure ! pleure sur mon/ton sort.

FINAL.

Je vais/Tu vas tomber meurtrie ;
Le coup sera mortel !
Mais... c'est pour la patrie
Et c'est sur son autel !

ROBERT BRUCE A BANNOCKBURN.

EN DÉPOT CHEZ Mr SCHOTT.

AIR.

Ecossais, vaillante race,
Souvenez-vous de Wallace!
Bruce veut suivre sa trace;
Il guide aujourd'hui vos pas.
Ecossais, n'oubliez-pas
Wallace et son cri de guerre;
Disons ainsi que lui naguère :
« La victoire ou le trépas! »

RÉCITATIF.

Guerriers, voici le jour et voici l'heure!
De nous l'anglais Edward va s'approcher.
Que tout soldat, plus ferme qu'un rocher,
Garde son rang, s'il le faut, qu'il y meure!
Ecossais, n'oubliez-pas
Wallace et son cri de guerre;
Disons ainsi que lui naguère :
« La victoire ou le trépas! »

Ton peuple fort, noble Calédonie,
Dira toujours avec fierté :
Mourir avec la liberté
Ou vivre libre et pur de félonie !
Ecossais, n'oubliez pas
Wallace et son cri de guerre ;
Disons ainsi que lui naguère :
« La victoire ou le trépas ! »
Ecossais, vaillante race,
Bruce veut suivre sa trace ;
Il guide aujourd'hui vos pas
A la victoire, au trépas.

LA CAPTIVE DU LOUVRE[1].

RÉCITATIF.

C'en est fait!... je succombe... à peine je respire!
Captive et toujours seule, ô mon Dieu, tout conspire
Ma perte, tout m'inspire
Un indicible effroi dans ce triste séjour!...
Quel destin!... Faudra-t-il que loin des miens j'expire?...
Vainement je soupire!
Hélas! en vain j'aspire
A voir en liberté la lumière du jour!

ROMANCE.

Dans un rêve au bonheur je songe!
De toi je me souviens
Rêve ineffable, ô doux mensonge!
Reviens, bonheur, reviens!
Bonheur, tu n'entres pas au Louvre
Où je vis pour souffrir!
Bonheur adieu! la tombe s'ouvre
Adieu! je vais mourir.

RÉCITATIF.

Ma paupière bientôt, je le sens, va se clore!
Robert[2] sait-il que je l'implore,
Que j'existe captive et que j'espère encore?

---

(1) Philippine de Flandre, fille de Gui de Dampierre.
(2) Robert de Béthune son frère.

Que dis-je? Un songe vain m'abuse et m'éblouit!
Jamais mon humble front ne ceindra la couronne;
Mon fiancé(1) m'oublie et Robert m'abandonne;
La haine(2) se souvient!... L'espoir s'évanouit!...

2e COUPLET.

C'en est fait! l'espoir fuit lui-même!
De toi je me souviens
Rêve si doux, ô bien suprême!
Reviens, espoir, reviens!
Espoir, tu n'entres pas au Louvre,
Où je vis pour souffrir!
Espoir adieu! la tombe s'ouvre
Adieu! je vais mourir!

STRETTE.

La voix plaintive
De la captive
Triste et craintive
S'élève à Dieu!
O peine extrême!
De ceux que j'aime
Je n'ai pas même
Reçu l'adieu!

---

(1) Le prince de Galles.
(2) Jeanne de France.

L'EXILÉ POLONAIS.

RÉCITATIF.

Héroïques guerriers, engloutis dans la tombe,
Vous cessez de souffrir!...
Quand la Pologne tombe,
Dans la noble hécatombe
Mes frères, comme vous, que n'ai-je pu mourir?

ANDANTE.

Toi, que dans la lutte sanglante
Ne trouva point le combattant,
O mort! que tu sembleras lente
Au triste exilé qui t'attend!

RÉCITATIF.

En vain de son courroux la vengeance m'enflamme!
Mon pays dévasté par le fer et la flamme
Retentit de cris déchirans.
Soyez maudits bourreaux! Soyez maudits infâmes,
Qui faites sous le fouet mourir enfants et femmes!...
Haine éternelle à nos tyrans!

REPRISE DE L'ANDANTE.

Pour vous, tristes veuves et mères
Que Dieu se lève en défenseur !
Ni plaintes, ni larmes amères
Ne désarmeraient l'oppresseur.
Pour vous, tristes veuves et mères
Que Dieu se lève en défenseur !

ALLÉGRO.

Pologne, ô ma patrie,
Adieu ! terre meurtrie
Adieu ! l'âme flétrie,
Triste à mourir, l'exilé part.
Désormais solitaire
Ne faut-il pas qu'il erre
Dans l'exil, sur la terre,
Sans trouver l'oubli nulle part ?
Pologne, ô ma patrie,
Adieu ! terre meurtrie
Adieu ! l'âme flétrie,
Triste à mourir, l'exilé part.

JUDAS MACHABÉE.

Comment est-il tombé ce héros invincible
Qui délivra Sion du joug de l'oppresseur ?
A la crainte son cœur était inaccessible.
Comment est-il tombé ce vaillant défenseur ?

Il avait du lion l'indomptable courage ;
En face du péril son regard flamboyait ;
Il s'élançait rapide, ainsi qu'un vent d'orage,
Dans les rangs ennemis que son bras foudroyait !
Hier encor plein de vie ! il a fui comme une ombre ;
Déjà l'on ne voit plus la trace de ses pas ;
Il n'est plus. O douleur ! accablé sous le nombre,
Au sein de la victoire il trouva le trépas.
Judas, il est beau de descendre
Comme vous, dans l'asile où l'humanité va !...
Couvrons nos fronts en deuil de cendre ;
Par nos gémissements implorons Jéhova.
Seigneur, n'avons-nous pas des maux atteint le faîte ?
Est-il une douleur égale à nos douleurs ?
Que ta volonté Sainte, ô roi du Ciel, soit faite !
Seigneur, nous viderons la coupe des malheurs.
Nous mettrons notre espoir dans le Dieu des armées ;
La force vient de Lui ; qu'il le veuille, et soudain
La joie animera les cités opprimées ;
L'hosanna surgira du Cédron au Jourdain !

Comment est-il tombé ce héros invincible, etc.

CHANT DU CRÉPUSCULE.

Soleil, astre du jour, termine
Ton cours, achève ton essor ;
Dans l'azur céleste chemine
Environné de pourpre et d'or !
Le nuage, qui le recèle,
Comme un miroir du ciel vermeil
Déjà réfléchit l'étincelle,
Le dernier rayon du soleil.
Le crépuscule étend son voile,
S'étale sur la terre et voile
Les pâles feux du jour qui fuit ;
Il précède l'obscure nuit.
Du crépuscule admirons l'heure !
La sombre nuit de l'aile effleure
La terre où tout soupire ou pleure.
Entendez-vous l'hymne aérien ?
L'entendez-vous surgir sonore ?
La nature le fait éclore
Et toute voix qui chante implore
Dieu !! « Dieu, dit-elle, et sans Lui rien ! »

JALOUSE NUIT.

O nuit, jalouse nuit, couvre d'un sombre voile
Les astres scintillants en rayons de clarté!
O crépuscule étends ton aile noire et voile
L'étincelante immensité!
Vastes voûtes des cieux, des millions d'étoiles,
Du nadir au zénith viennent vous envahir!
Pâle sœur du soleil, ô lune, tu dévoiles
Les secrets d'un amant et tu veux le trahir!
O nuit, jalouse nuit, ta clarté m'importune
Et ton ciel étoilé me devient odieux!
De cet éclat si pur pourquoi briller ô lune,
Belle reine des nuits au disque radieux?
D'un long regard jaloux tu sembles me poursuivre
Et de loin m'envier le bonheur qui m'attend.
Saurais-tu, comme moi, combien l'amour énivre?
O nuit, O nuit, fais-toi sombre un instant!

SUR LA GRÈVE.

Solitaire et plongé dans l'extase d'un rêve,
Quand naît le soir ;
O mugissante mer, sur ton immense grève
Je viens m'asseoir !

—

Le flot étincelant à l'occident reflète
Les flammes rouges d'or du soleil disparu ;
Le sombre voile s'est accru ;
Au ciel l'obscurité se fait partout complète.

—

Soudain jaillit du sein des flots
Le monotone accent d'un bruit confus et vague !
C'est la plaintive voix de l'écumante vague
Qui, poussant des soupirs, éclate en longs sanglots.

—

L'âme du naufragé, pendant les nuits obscures,
Mêle sa voix si triste aux plaintes de la mer ;
Son désespoir s'exhale amer,
S'exhale en sombres chants, en lugubres murmures !

—

Ce chant berce mon rêve et j'écoute attentif
L'harmonieux accord, la majesté sauvage
Du sublime unisson qui meurt, sur le rivage,
Suave et doucement plaintif.

Solitaire et plongé etc.

THALASSA.

Thalassa ! Thalassa ! salut mer éternelle !
Vaste mer, ta beauté
Toujours jeune et nouvelle
Au regard se révèle !
Thalassa ! Thalassa ! salut mer éternelle,
Salut immensité !

II.

L'aurore aux doigts de roses
Au sein des flots s'endort ;
Mille étincelles d'or
A sa lumière écloses,
Viennent, à son réveil,
Illuminer les ondes !
Mille étincelles blondes
Brillent au ciel vermeil.
La rougissante aurore
D'un reflet qui les dore
A l'orient colore
Les flots capricieux.
Salut vermeille aurore !
Salut fille des cieux !

Thalassa ! Thalassa ! salut mer éternelle !
Vaste mer, etc.

III.

Dans tes œuvres, Seigneur, éclatent ta puissance,
Ta gloire, ta grandeur !
Rien ne peut égaler la divine splendeur
De ta magnificence !
Ta Sainte majesté
Rayonne dans le ciel, remplit toute la terre
Et la voix du tonnerre
Vient proclamer ton règne et ton éternité !

IV.

Quand, de sa clarté, l'aube
Éclaire tout le globe,
L'âme s'élève à toi,
Seigneur, source première
Et de toute lumière
Et d'amour et de foi !
L'âme émue, attendrie
T'implore ; l'âme prie
Grand Dieu ! Selon ta loi.

Thalassa ! etc.

CHANT D'ISAÏE.

I.

Sion, ta gloire atteint au faîte !
Réjouis-toi dans ton orgueil ;
Laisse éclater le chant de fête !
Il présage les jours de deuil.
C'en est trop ! Dans la Sainte ville
Le bien pour le mal est quitté
Et Sion, courtisane vile,
Est un séjour d'iniquité.

Sion, ta gloire etc.

II.

Du châtiment c'est l'heure !
De verges Dieu t'effleure
Coupable Sion ! pleure
Nuit et jour, peuple vil !
Ta voix, Sion captive,
Résonnera plaintive
Sur la lointaine rive ;
Sur la terre d'exil !
Jérusalem l'ingrate,
Les yeux baignés de pleurs,
Sur les bords de l'Euphrate
Chantera ses malheurs.

En longs sanglots s'exhale
La désolation ;
Quelle plainte est égale
A la tienne, ô Sion?

III.

Dieu parle et dit : « la race impie
Que ma main combla de bienfaits,
Sous le joug de l'esclave, expie
L'iniquité de ses forfaits!
Dans sa misère elle me crie :
— Pitié Seigneur! Seigneur pitié! —
« Israël non! l'idolâtrie
M'a courroucé! Sois châtié!
Non! non pour toi plus de patrie!
Que dans l'exil, Sion meurtrie,
Fasse, jusqu'aux cieux retentir,
L'accent plaintif du repentir! »

LES GNOMES.

Mine, mine
Infatigable essaim ;
Dans le sein
De la terre chemine ;
Mine, mine !
La pioche et le pic
Font tic-tic,
Font tac-tac dans la mine ;
Mine, mine !
De l'or tous les filons
Se suivent à la trace ;
Trace, trace
Dans le roc des sillons ;
Gnômes, vaillante race
Trace, trace.
La pioche et le pic
Font tic-tic,
Font tac-tac dans la mine ;
Mine, mine.

II.

Roi d'un vaste royaume
Quand le Gnôme,
Gai lutin,
Flane et rôde ;
Il remplit de butin
Son palais d'émeraude !

Le saphir,
Le rubis, l'or d'Ophir,
L'ambre opale,
La perle blanche et pâle,
Les diamants sont-là ;
Les voilà !

III.

Halte-là !
Gnôme en garde !
L'homme guette et regarde !
Il en veut au trésor.
Aux armes ! Si l'avide
La main vide
D'ici sort,
Qu'il se vante !
Répandons l'épouvante
En ce lieu :
Que la lave
Obéisse en esclave
Et coule et roule en feu !
Du bitume
Que la flamme s'allume
Sous ses pas !
Ou, que pour son supplice,
L'eau jaillisse
Et qu'il n'échappe pas
Au trépas !

Mine, mine etc.

LE CIRQUE DE ROME.

Avec Fanfares et triple Chœur.

LE PEUPLE ROMAIN.

Au signal des fanfares
Que l'arène, ô Licteurs,
S'ouvre aux gladiateurs !
Les spectacles sont rares.
Ne soyez plus avares
Du sang des vils barbares !
Que l'arène, ô Licteurs,
Soudain s'ouvre aux lutteurs !

CHOEUR DES GLADIATEURS.

S'il faut mourir dans la sanglante lice,
Nous périrons les armes à la main.
En souriant nous bravons le supplice.
Salut César ! salut peuple Romain !

CHOEUR DES MARTYRS.

Allons cueillir les palmes du martyre,
Jésus, le Christ jette les yeux sur nous.
Dieu nous appelle et le ciel nous attire.
Nous attendrons le trépas à genoux.

LE TRIPLE CHOEUR.

Silence !
Le lion rugissant
S'élance ;
Le taureau mugissant
S'arrête ;
Le tigre furibond
S'apprête
A surgir d'un seul bond !
La fête
Pour les rois des déserts
Est prête !
Ecoutez leurs concerts
Résonner dans les airs.

LES MARTYRS.

Une prière est ma seule défense ;
Du haut des cieux Dieu lui-même l'entend.

LES GLADIATEURS.

Malheur à qui me brave ! A qui m'offense
Malheur ! mon bras armé du fer l'attend !

LES MARTYRS.

Toi, du salut et de la foi vrai gage,
O croix du Christ tu nous viens protéger.

LES GLADIAT.

Je dirai moi, quand la lutte s'engage :
« Vaincre ou mourir ! Périr et me venger ! »

ENSEMBLE.

GLADIAT. Ah! qu'il est beau de se couvrir de gloire!
MART. Mourir est doux à qui meurt pour la foi,
GLADIAT. Et de mourir au sein de la victoire!
MART. A Dieu fidèle et fidèle à sa loi!

ENSEMBLE.

GLADIAT. S'il faut mourir dans la sanglante lice etc.
MART. Allons cueillir les palmes du martyre etc.

CHOEUR FINAL.

Déjà le carnage commence
Et de la foule ce cri sort :
« Point de pitié! point de clémence!
Meurent les vaincus! c'est leur sort. »
Le sang rougit l'arène immense;
Sanglant, farouche, en sa démence
Le moribond s'y roule, mord
La poussière et retombe mort!
Partout le carnage commence
Et de la foule ce cri sort :
« Point de pitié! point de clémence!
Meurent les vaincus! c'est leur sort. »

BRUMSTIMMEN OU SYMPHONIE NOCTURNE.

I.

Quand la lune, sans rivale,
Calme et chaste, luit aux cieux ;
Toute la nature exhale
Mille chants mystérieux.
L'onde, avec un doux susurre,
Semble courtiser la fleur ;
Chaque flot tout bas murmure :

SOLO.

« Va ! je quitte avec douleur,
A regret je fuis la plage !
— C'est le sort qui le voulût —
Malgré moi je suis volage,
Chère fleur, je pars, salut ! »

CHORO.

Aux petites fleurs que disent,
En poussant un long soupir,
Mille feuilles qui bruisent
Sous l'haleine du Zéphir ?

QUATUOR.

« Rien n'égale nos supplices !
Malgré nos transports jaloux,
Vous n'avez, en vos calices,
Ni parfum, ni miel pour nous !

Aux papillons tout l'arôme;
Aux abeilles tout le miel!
Quant à nous, au lieu de baume,
Nous nous abreuvons de fiel. »

CHORO.

Quand la lune, sans rivale,
Calme et chaste luit aux cieux;
Toute la nature exhale
Mille chants mystérieux.

II.

Oui! dans la nuit, les cimes hautes
Du bois sombre où la brise naît,
Cachent pour bruire des hôtes
Que nul parmi nous ne connaît!

CHORO CONBOCCA CHIUSA

Quel est ce bruit qui nous étonne?
Le vent, comme la foudre tonne,
Il siffle, souffle à l'unisson!
Tout de l'effroi sent le frisson.

TUTTI.

Oui! dans la nuit, les cimes hautes,
Du bois sombre où la brise naît,
Cachent pour bruire des hôtes
Que nul parmi nous ne connaît!

CHORO CONBOCCA CHIUSA.

Sylphes, Nixes, Elfes et Gnômes,
Lémures, goules et fantômes
Pour vous ce vacarme infernal
Du sabbat donne le signal!

TUTTI.

Oui ! dans la nuit, les cimes hautes, etc.

III.

QUATUOR.

Quand la brise, au bois sombre,
Souffle, es-tu là chère ombre?
Dans les feuilles sans nombre
Es-tu là près de nous?
Oui! c'est ta voix plaintive
Qui vibrante captive
Notre oreille attentive
A ton chant triste et doux.
Ta voix murmure-t-elle :
« C'est le suprême adieu,
L'heure, où l'âme immortelle
Monte au ciel, vole à Dieu! »

TUTTI.

Oui! dans la nuit, les cimes hautes
Du bois sombre où la brise naît,
Cachent pour bruire des hôtes
Que nul parmi nous ne connaît.

BALLADES.

LA REINE DES SYLPHES.

Des Sylphes je suis la reine,
Et leur essaim gracieux
Pendant toute nuit sereine
Avec moi quitte les cieux !
Au souffle de mon haleine
S'épanouissent les fleurs;
Je voltige dans la plaine
Et j'aime à tarir les pleurs.
Quand un petit enfant pleure,
Plus rapide qu'un oiseau
Vers lui je vole et j'effleure
De l'aile l'humble berceau.
Je murmure à son oreille
Chants de Sylphe et doux propos;
Je lui dis : « Sur toi je veille,
En paix goûte un doux repos ! »
Au souffle de mon haleine
S'épanouissent les fleurs.
Des Sylphes je suis la reine
Et j'aime à tarir les pleurs.

II.

CHANT DU SYLPHE.

« Viens petit enfant que j'aime,
Viens au séjour aérien ;
Deviens Sylphe à l'instant même ;
Suis-moi, viens et ne crains rien ! »

— Ma mère, ma bonne mère
J'ai peur !... n'entendez-vous pas
Ce qu'une voix étrangère
Tout bas murmure.... tout bas ? —

« Viens au séjour des délices,
Suis-moi sous un autre ciel ;
Là, les fleurs ont les calices
Pleins d'arômes et de miel ! »

— Ma mère, ma bonne mère
J'ai peur ! n'entendez-vous pas
Ce qu'une voix étrangère
Tout bas murmure.... tout bas ? —

« La, comme dans un beau rêve,
L'or s'étale aux yeux surpris ;
Là, les perles, sur la grève,
Roulent parmi les rubis. »

— Ma mère, etc.

« Là, dans un palais splendide,
Palais de cristal vermeil,
Là, petit enfant candide,
Je bercerai ton sommeil. »

— Ma mère, etc.

—

« Près de ton berceau, merveille
D'édredon et de duvet,
Sans cesse un Sylphe veille
Et chante assis au chevet. »

— Ma mère, etc.

—

« Viens, petit enfant que j'aime,
Viens au séjour aérien ;
Deviens Sylphe à l'instant même ;
Suis-moi, viens et ne crains rien! »

La mère, la bonne mère
De son profond sommeil sort....
Juste ciel! douleur amère!
Le jeune enfant.... était mort!!

———

SMARA.

—

Quelle est cette plage lointaine?
Où suis-je? qui vois-je là-bas,
Au bord de la claire fontaine
Livrée à d'étranges ébats?...
Belle comme l'Ondine blonde,
Une jeune fille, là-bas,
Lave le lin; sa voix tout bas
Se mêle au murmure de l'onde:
« Lave-moi, dit-elle, ce lin,
Coule, coule flot cristallin! »
A mon insu, j'approchai d'elle,
Comme fasciné, d'un pas lent;
« Pourquoi laves-tu ce lin blanc,
Dis-le moi, belle demoiselle? »
— Il est pour toi, répondit-elle!
C'est le lin blanc de ton linceul.
Du morne asile qui t'appelle,
Il te faudra franchir le seuil! —
Je tremblai... Ma crainte mortelle
M'éveille en sursaut!.. et.. je suis seul.

(D'après H. HEINE.)

LÉGENDES.

STELLA.

Du haut des cieux, la nuit,
Stella, l'étoile blonde,
Sur l'eau s'incline et luit
Dans le cristal de l'onde.
Du miroir argenté
Stella rêveuse admire
Le calme et la beauté
Pendant qu'elle s'y mire.
« Ah ! que ne suis-je en bas
Sur la lointaine grève ! »
Voilà ce que tout bas
Stella se dit en rêve.
« En bas. »

« En bas ! En bas m'attend
Une sœur pâle et blonde ;
Son regard clignotant
M'attire au sein de l'onde.

Tu luis si loin de moi
Triste étoile isolée !
Si j'étais près de toi
Tu serais consolée.
Ah ! que ne suis-je en bas
Sur la lointaine grève ! »
Voilà ce que tout bas
Stella se dit en rêve.
« En bas. »

« Je viens combler tes vœux,
— Dit Stella fascinée, —
A la tienne je veux
Unir ma destinée ! »
On vit l'étoile choir
Au sein de l'onde pure;
Et depuis, chaque soir,
L'onde en coulant murmure :
« Ah ! que ne suis-je en haut,
En haut dans l'empyrée !
Pour séjour rien ne vaut
Cette voûte éthérée.
En haut. »

LA SULTANE ISMÈNE.

Prologue.

SOLO.

Sais-tu pourquoi la jeune Ismène
Fille du sultan Nourredin,
Rêveuse et triste se promène
Dans son jardin?
En ce lieu, qui le cède à peine
En charmes au céleste Eden,
Elle erre, comme une âme en peine,
Avec dédain!
Et pourquoi? C'est que la princesse
En vain se demande sans cesse :
« Petites fleurs!
Qui met l'arôme en vos calices?
Qui vous revêt, avec délices,
De vos couleurs? »

II.

Soudain les fleurettes entre elles,
Se parlent et chantent tout bas :
« Quand viennent les saisons nouvelles,
Nous fleurissons fraîches et belles,
Pleines de charmes et d'appas!

De la corolle, qui s'étale,
Et même de chaque pétale
Un arome délicieux
En suaves parfums s'exhale
Et vers Jésus s'élève aux cieux! »
— Ecoutons le lys du parterre : —
« Hosanna, dit-il, Hosanna! »
— Jamais chant plus doux sur la terre
Ne résonna.
Hosanna, dit l'hymne, Hosanna! —
« Aux premiers rayons de l'aurore,
De nos calices entr'ouverts,
L'hymne saint échappe sonore
Et toute la nature adore
Jésus, auteur de l'univers! »
— Écoutons les fleurs du parterre : —
« Hosanna, dit l'hymne, Hosanna! »
— Jamais chant plus doux sur la terre
Ne résonna :
« Hosanna, dit l'hymne, Hosanna! »

III.

Dans les palmes, sur une branche,
La petite Colombe blanche
Que la jeune Ismène aime tant,
Bat des ailes en écoutant.
Quand l'hymne de louanges cesse,
La Colombe, vers la princesse,
Reprend son vol, et, tour à tour
S'éloigne d'elle ou vole autour.

IV.

VOIX D'EN HAUT. Ismène,

ISMÈNE. Qui m'appelle?

LA VOIX. Ismène,

Veux tu savoir qui donne aux fleurs
Et les parfums et les couleurs?

ISMÈNE. Quel est-il?

LA VOIX. C'est Jésus!

ISMÈNE. Ah! mène
Vers lui mes pas.

LA VOIX. Fille de roi,
La colombe sera ton guide.
Pars et marche sans effroi
Jésus te servira d'égide!

ISMÈNE. Ce Jésus a-t-il un palais;
Ce Jésus a-t-il un royaume?...
Où règne-t-il?

LA VOIX. Né sous le chaume,
Il règne aux cieux!!... Tu l'appelais
Et tu l'aimais sans le connaître,
C'est lui qui dans ton cœur fit naître
Tes vagues désirs et tes vœux.
Le veux-tu voir?

ISMÈNE. Si je le veux?
Que la colombe soit mon guide
Et vers lui j'irai sans effroi.

LA VOIX. Jésus te servira d'égide;
Pars sans crainte fille de roi.

V.

ISMÈNE.

Suspens ton vol blanche colombe !
Tout vient m'accabler à la fois.
Mon âme au désespoir succombe.
Tant de souffrances, je le vois,
Tant de recherches restent vaines
Et voilà tous mes vœux déçus !
Hélas ! au prix de mille peines,
J'aurais voulu trouver Jésus !...
A la tâche il faut que je meure !...
De tant de vœux exauce un seul :
Seigneur, où donc est ta demeure ?
La voir et puis mourir au seuil !
C'est là, Seigneur, mon vœu suprême.
Jusques à quand, dans mon malheur
Et livrée à l'angoise extrême,
Dirai-je en vain : « Pitié Seigneur ? »

VI.

Au carmel habite
Mainte cénobite ;
L'une d'elles vint
Sauver la sultane !
La mahométane
Plus tard s'en souvint.

Chrétienne fervente,
De Jésus servante
Ismène devînt
Un pieux modèle
De vierge fidèle
A l'époux divin.
Des élus sans doute
Ismène au ciel goûte,
Le bonheur sans fin.

SER HALEWIN.

Prologue.

Quelle voix triste et plaintive
Frappe l'oreille attentive
Au milieu des bois touffus?
Jointe à mille sons confus
Cette triste voix se mêle
Aux soupirs de Philomèle!

A ce bruit le cœur se brise
Et le souffle de la brise
En imite les sanglots;
Ainsi murmurent les flots.
Ainsi bruit, en automne,
Dans les bois, la feuille jaune!

Dans la géhenne infernale,
L'âme, hélas! maudite, exhale
Ainsi l'éternel remords!
Halewin, parmi les morts,
Et dans le royaume sombre,
Ainsi pleure et geint ton ombre!

II.

Le Pacte.

—

HALEWIN.

Ouvre, au nom de Belzébuth,
Sorcière, ouvre-moi la porte !
J'apporte
Triple et quadruple tribut.

LA SORCIÈRE.

Qu'importe!
Close restera ma porte.
Passe ton chemin ; va-t-en !
Quand l'ombre
Etale son voile sombre,
Crains de voir rôder Satan !

HALEWIN.

Le philtre
Que ta main distille et filtre
Rend la jeunesse au vieillard ;
N'importe
A quel prix, sorcière, apporte
L'élixir, j'en veux ma part!

LA SORCIÈRE.

Ecoute!..
Lui qui veut, quoiqu'il en coûte,
Voir une évocation,
Qu'il sache
D'abord quel haut prix j'attache
A mon incantation !

HALEWIN.

Qu'importe!
Vite! viens ouvrir la porte.
Vieillard, je veux rajeunir.
Quand parle
Halewin, le noble Jarle,
On se hâte d'obéir.

LA SORCIÈRE.

Que l'antre
S'ouvre donc pour lui! qu'il entre
Achever, s'il veut, l'achat;
C'est l'heure!
Lucifer de l'aile effleure
Et ma chouette et mon chat.

III.

L'Incantation.

HALEWIN.

Jeune et riche! plus de doute!
La sorcière m'a dit vrai.
Désormais je ne redoute
Plus les siècles; je vivrai
Jeune et riche! Plus de doute!
La sorcière m'a dit vrai.
« Tu vivras, me disait-elle,
Dans l'ivresse du plaisir;
Mais, le prix de l'élixir
Sera... ton âme immortelle!

Moi, disait-elle, au départ,
Quant à moi j'ai moins à prendre !..
L'oiseau blanc te doit apprendre
Ce que je veux pour ma part. »
Jeune et riche ! Plus de doute !
La sorcière m'a dit vrai.
Désormais etc.

IV.

L'Oiseau blanc.

HALEWIN.

. . . .

Chante encore
Voix suave, douce voix,
A la fois
Harmonieuse et sonore ;
Chante encore
Voix suave, douce voix !

. . . .

Petit oiseau, ton langage
Du succès sera le gage !

REPRISE AD LIBITUM.

Chante encore etc.

V.

HÉLÈNE.

« Halewin, disait Hélène,
Connaît une chanson pleine

D'attrait;
Il la chante sous le chêne,
Au milieu de la prochaine
Forêt !
Bonne mère, pour l'apprendre,
Près de lui puis-je me rendre ? »

LA MÈRE.

« Non ! non tu n'y penses pas
Répondit la bonne mère ;
Toi ! porter vers lui tes pas ?
Non ! non tu n'y penses pas.
Sache, sache fille chère,
Que celles qui vont là-bas
Seules, n'en reviennent pas.

HÉLÈNE.

Mon père, disait Hélène,
Puis-je parcourir la plaine
Sans vous ?
Sous le chêne qui frissonne,
Le chant d'Halewin résonne
Si doux !
Halewin me veut l'apprendre
Près de lui puis-je me rendre?

LE PÈRE.

Non ! non tu n'y songes pas,
Répondit son tendre père,
Toi etc.

HÉLENE.

Mon frère, disait Hélene,
Puis-je parcourir la plaine
Sans vous?
Sous le chêne etc.

LE FRÈRE.

Vas! vas mais n'y restes pas,
Répondit son noble frère;
Vas porter vers lui tes pas
Vas! vas mais n'y restes pas.
Sache, sache fille chère
Qu'une fleur a mille appas...
Là-bas ne la laisse pas.

VI.

La Chevauchée.

Des pieds à la tête
En habits de fête,
Hélène à cheval,
Va de droite à gauche
Et gaîment chevauche
A travers le val.
Dévorant l'espace
L'amazone passe;
Ainsi fait l'éclair;
Telle, à tire-d'aile,
L'agile hirondelle
Silonne et fend l'air!

Pour sauver sa vie
Hélène se fie
A son palefroi ;
Comme au seuil de l'âtre,
Joyeuse et folâtre
Elle est sans effroi !
Elle s'abandonne
Au charme et fredonne
Tout en chevauchant ;
Hélène à peine entre
Dans le bois du chantre
Qu'elle entend le chant !

VII.

Le Charme.

HALEWIN.

Quand, de sa voix argentine,
L'oiseau blanc de l'églantine
Chante l'aube, tout se tait ;
Voici comme, en la bruine,
Il chantait :

1.

« Blonde aurore, toi que j'aime,
Ton regard le dit lui-même :
L'amour est le bien suprême,
Oui l'amour !
Comme moi, blonde aurore, aime
En retour ! »

HÉLÈNE.

Chante encore
Voix suave, douce voix,
A la fois
Harmonieuse et sonore!
Chante encore
Voix suave, douce voix.

HALEWIN.

2.

Tout dans la nature aspire
A subir le doux empire,
L'ineffable émoi qu'inspire
Seul l'amour!
Tout lui cède ; tout soupire
A son tour! »

HÉLÈNE.

Chante encore
Voix suave, douce voix
A la fois
Harmonieuse et sonore;
Chante encore
Voix suave, douce voix.

VIII.

Le drame.

Tout à coup, les yeux hagards,
Halewin s'offre aux regards
S'écriant : « belle ingénue
L'heure suprême est venue!

Jeunes vierges au trépas
En ce lieu n'échappent pas.
Voici quelle est la sentence :
L'eau, le glaive ou la potence !
— Jeunes vierges au trépas
En ce lieu n'échappent pas?
— Soit ! je choisis la mort prompte !
C'est le glaive que j'affronte.
De ton mantelet prends soin
Sang de vierge saute au loin.
Rouge resterait la tache ;
L'ôter serait petite tâche. —
« L'avis est bon en effet;
Ainsi dit, vite, ainsi fait. —
Pendant qu'il la perd de vue
Sa tête roule abattue.
Elle roule et parle encor :
« Dans le bois sonne du cor.
Viens oindre mon cou du baume
Qui se trouve dans le heaume. »
— Assassin non! assassin
Non! Je connais ton dessein. —
« Porte donc ma tête rouge
Aux sorcières, dans leur bouge »
— Assassin non! assassin
Non! je connais ton dessein.

IX.

Epilogue.

Chaque soir, au crépuscule,
Pourquoi dans les bois ulule
Tristement le jaune hibou?
Pourquoi la nocturne orfraie,
Que toute lumière effraie,
Pousse-t-elle son glouglou?
C'est que, sous le sombre dôme,
Qui recouvre la forêt,
Pâle et sinistre fantôme,
Halewin alors paraît!
Pourquoi du sein des ténèbres,
Mille et mille cris funèbres
Ont-ils surgi tout-à-coup?
D'une lugubre manière
Pourquoi donc, en sa tanière,
Hurle sans cesse le loup?
C'est que, sous le sombre dôme
Qui recouvre la forêt,
Pâle et sinistre fantôme,
Halewin alors paraît!

FIN.

MÉTAMORPHOSES.

Idylle.

I.

Le ciel se couvre de nuages ;
Les voyez-vous s'amonceler?
Leurs flancs noirs couvent les orages ;
Entendez-vous les vents hurler?...
Le terrible ouragan traverse
L'espace sur l'aile du vent;
L'éclair reluit; il pleut à verse
Et la foudre éclate en tonnant!
Quand furibonde, la tempête
Atteint la lisière du bois,
Les chenilles, pendant leur fête
Surprises, semblent aux abois!
Bombyx prévoit la catastrophe;
Enseveli dans son cocon,
Du haut d'un murier, son balcon,
Voici comment il apostrophe
Mainte chenille, en vrai Gascon :
« Cherche un asile; qu'une feuille
Te cache et dans son pli t'accueille!
Cherche un abri derrière un tronc

Ou même entre l'écorce ; vite
Suspends-y le cocon en rond!
O chenille, ainsi l'on évite
Le plus grand mal, un trépas prompt! »

CHOEUR.

A l'œuvre! du zèle fileuses!
Que la soie en légers flocons
S'étende autour de nos cocons!
Hâtons-nous, chenilles frileuses!
Dans la tombe ensevelissons
Vivantes encor nos guenilles;
Au destin, pauvres chenilles,
Sans murmures obéissons!...
Le ciel se couvre de nuages;
Les voyez-vous s'amonceler?
Leurs flancs noirs couvent les orages;
Entendez-vous les vents hurler?

II.

Sous la mousse cachée et de rosée humide,
Dans son linceul de soie, immobile, invalide,
L'inerte chrysalide
Attend l'heure propice et le jour du réveil!
D'une plaintive voix, quand l'aube la colore
Et la réchauffe un peu, la chrysalide implore,
Appelle pour éclore
La féconde chaleur des rayons du soleil.

Papillon au maillot, l'insecte un jour s'agite;
L'enveloppe s'entr'ouvre; il échappe du gîte
Ailé comme l'oiseau, brillant comme la fleur!
O prodige inouï de la métamorphose!
Ni l'oiseau, ni la fleur, avec l'aurore éclose,
Ne pourraient en éclat égaler sa couleur!...
Cependant le soleil, poursuivant sa carrière,
Roule au sein de l'éther, verse à flots la lumière
Cette source première
De la vitalité;
Et vers lui, jusqu'aux cieux, une clameur s'élève:
« La vie à nous! enfin le mystère s'achève!
Ce qui semblait un rêve
Devient réalité.
C'est l'heure solennelle!
Nous avons triomphé de la nuit éternelle.
Chrysalides debout! donnons l'essor à l'aile!
A nous l'azur immense et l'immortalité! »

III.

Éclatant de lumière,
Le soleil rayonnant laisse tomber des cieux
Sur la nature entière,
En étincelles d'or, son regard radieux!
Brillantes banderolles,
Vos plis, au sein de l'air, tracent-ils ces sillons?
Etes-vous le jouet d'agiles tourbillons,
Pétales et corolles?

L'air est-il émaillé de fleurs ou d'oisillons;
Ou bien admirons-nous l'essaim des papillons?
C'est lui! Salut frivole
Et gracieux essaim!
Les fleurs t'appellent, vole
Te cacher en leur sein!
Des larmes de l'aurore
Chaque fleur élabore
Son parfum, son nectar;
Avant qu'il s'évapore
Papillon, sans retard,
Va plonger ton antenne
Dans la corolle pleine
D'aromes et de miel!
Papillon, pour la plaine
Quitte l'azur du ciel.
Le voici le volage!
Il se livre au pillage;
C'est un vrai gaspillage,
Car il n'épargne rien.
Sans laisser de vestige,
Là-bas, de tige en tige,
De fleur en fleur voltige
Le larron aérien.
Sur l'aile bigarrée
De pourpre et d'or parée,
L'émeraude égarée
Se mêle au bleu d'azur;

Là, tour à tour, s'étale
Le rubis, l'ambre opale
Et la topaze pâle
Et le saphir plus pur !
Salut ! Salut frivole
Et gracieux essaim !
Les fleurs t'appellent, vole
Te cacher en leur sein.

PASTORALE.

I.

Prologue.

Soleil, rien n'amortit
Les rayons dévorans, la lumière torride
Que tu verses d'aplomb sur la campagne aride !
Tout dessèche et pâtit.
Le moindre vent soulève, amoncelle en nuage
Le sable du sentier ;
Il couvre tout entier
Et dérobe au regard l'éclat du vert feuillage.
L'herbe des prés jaunit ;
Le calice des fleurs sur la tige s'incline ;
Dans la campagne, au val comme sur la colline,
Tout meurt ou se ternit.

Avant l'Orage.

Seigneur, tout se plaint, tout languit et souffre !
Fais, grand Dieu ! qu'il pleuve ! ouvre un ciel d'airain.
Dieu nous exauça. Dans l'azur serein
Un nuage jaune, — ainsi que du soufre; —
Avec majesté plane menaçant ;
Il avance et court sans cesse croissant ;
Sa teinte devient de plus en plus sombre ;
Le ciel n'apparaît que plongé dans l'ombre
Quand ce voile noir s'étale et s'étend.
Etrange murmure, un bruit sourd s'entend ;
Le calme y succède et lui même effraie !
Sur l'aile du vent l'orage se fraie
Soudain sa route et roule en tourbillons.
Il tonne et l'éclair luit en longs sillons.

II.

Pendant l'Orage.

Dans sa course furibonde
L'air souffle, siffle, rugit.
A verse il pleut et l'onde
Du fleuve s'enfle et mugit.
La rivière toute pleine
Se creuse, en débordant,
Un vaste lit dans la plaine
Et coule et roule en grondant.

La foudre alors, à la ronde,
Éclate en tonnant dans l'air.
Le ciel de clartés s'inonde
Illuminé par l'éclair.

III.

Après l'Orage.

L'excès de sa rage
Epuise l'orage;
Si le tonnerre en ce lieu gronde encor,
Sa voix mugissante,
Moins retentissante
Semble un écho; c'est le suprême effort.
Soleil, ta venue
Se peint sur la nue
Dans les reflets que revêt l'arc-en-ciel!
L'abeille se glisse
Au fond du calice
De chaque fleur qui distille du miel.
L'air rafraîchi fume;
La brise parfume
Et porte au loin d'enivrantes odeurs.
L'oiseau près du gîte
Gazouille et s'agite,
Et la nature étale ses splendeurs.

PARAPHRASE

DU

SUPER FLUMINA BABYLONIS.

Assis sur les bords de l'Euphrate
Nous pleurons ; le bruit des sanglots,
— Quand la douleur amère éclate —
Se mêle au murmure des flots.
Nos harpes vibrent suspendues
Aux frêles branches des cyprès.
Ah ! que de larmes répandues,
Que de tourments, que de regrets !
« Chantez-nous vos hymnes antiques, »
Disaient les vainqueurs aux captifs.
Loin de Sion nos saints cantiques
Ne sont plus que des chants plaintifs.
Jérusalem ! si je t'oublie
Que ma main ne se meuve plus !
Et, si je n'ai l'âme remplie
Du souvenir de tes élus,
Que rien désormais ne délie

L'organe muet de ma voix !
Absente, ô Sion, je te vois !
Seigneur, des races criminelles
D'Amalec et d'Édom, Seigneur,
Souviens-toi ! Sans pitié, comme elles,
Frappe-les au jour du malheur !
Babylone, que Dieu te rende
Le mal que nous avons souffert ;
Qu'il t'apprenne combien est grande
L'angoisse sous un joug de fer !
Puissent les fils de tes entrailles,
— D'une main barbare écrasés, —
De leur sang rougir les murailles
De mille palais embrasés !

MESSAGES DE LA BRISE.

ENVOI.

« O brise du soir, — disaient les ramages
Des hôtes de l'air, — va dire tout bas
A la jeune fille assise là-bas :
Reçois nos hommages ! »

—

« O brise du soir, — c'est dans la tourelle
Que parlait la cloche au timbre argentin, —
A la vierge dis, que, soir et matin,
Je tinte pour elle ! »

—

« O brise du soir, — disait, dans les herbes,
Au milieu des blés, l'essaim des grillons, —
Dis lui que pour elle ici nous cueillons
Les bluets en gerbes ! »

—

« O brise du soir, — soupire un jeune homme
Qui passait jetant un regard discret, —
A toi seule, car tu sais mon secret,
A toi je la nomme ! »

—

« O brise du soir, — ce mot, que moi-même,
Jamais je n'osai murmurer tout bas,
A la jeune fille assise là-bas,
Va le dire : j'aime ! »

II.

RÉPONSE.

La jeune fille à la brise légère
Répondit : « Va, rapide messagère,
Vers les oiseaux reprends l'essor ; dis leur :
Hôtes ailés, ô chantres du bocage,
Si vous tombez aux mains de l'oiseleur,
La jeune fille ouvrira votre cage ! »

—

Vers la clochette envole-toi ; dis lui :
« Que, pour prier j'accours dans la chapelle,
Au Crépuscule, avant que l'aube ait lui ;
Dès que sa voix au sanctuaire appelle ! »

—

Ouvre ton aile et dis aux noirs grillons :
« Chantez sans crainte ! A tout l'essaim folâtre ;
— Dès que la neige envahit les sillons, —
La jeune fille apprête un coin de l'âtre ! »

—

Vers le jeune homme au triste et doux regard
Envole-toi ; dis lui que j'ai moi-même,
Toute rêveuse, — alors qu'il vient ou part, —
En soupirant, murmuré tout bas : j'aime !

BULLES DE SAVON.

Du bout de cette paille creuse
Et de gouttes d'eau savonneuse
Nous allons
Dégager des petits ballons!
Qu'on l'agite; qu'on la trémousse
Et l'eau mousse;
C'est un jeu que tous nous savons.
Le moindre souffle gonfle en bulles
Les globules
Des savons.
Le docile,
Léger globule d'air oscille
Un instant,
Puis, soudain, le voilà flottant!
La bulle monte dans l'arène
Où l'entraîne
Le zéphir;
A cent palmes,
Dans l'air, avec des brises calmes,
On la prendrait pour un saphir!
Le soleil l'azure, la dore,
La colore
D'incarnat.

La petite bulle écarlate
Se dilate,
Puis, éclate;
C'en est fait du ballon grenat !...
O gloire ! ombre vaine, vain rêve,
N'es-tu qu'un ballon aérien,
Qui s'enfle, monte, brille et crève
Sans qu'il en sorte ou reste rien ?

ÉPILOGUE

A MON AMI F. A. GEVAERT.

Fillettes de ma lyre, ô simples cantatilles,
Prenez l'essor en ce recueil ;
Parez-vous, et soyez gentilles ;
Vous aurez à braver en route maint écueil!
Le siècle ne fait bon accueil
Qu'au seul livre qui joint l'agréable à l'utile!
Jugera-t-il l'œuvre futile,
A l'oubli condamnée, indigne d'un coup d'œil?...
Et pourtant, dès l'aube vermeille,
J'élabore, comme l'abeille,
De l'arome des fleurs le plus suave miel.
Et pourtant, Euterpe à Thalie
Dans les cantatilles s'allie,
Quand résonne, en mon cœur, la harpe écho du ciel!

TABLE DES MATIÈRES.

—

Première Partie.

Cantilènes et Chœurs.

Seconde Partie.

Cantatilles.

www.ingramcontent.com/pod-product-compliance
Lightning Source LLC
LaVergne TN
LVHW012009220826
846092LV00001B/288

* 9 7 8 2 3 2 9 7 7 4 7 6 3 *